इतिहास में अभागे

[कविता-संग्रह]

इतिहास में अभागे

दिनेश कुशवाह

राजकमल प्रकाशन

ISBN : 978-81-267-2980-7

मूल्य : ₹ 300

पहला संस्करण : 2017

प्रकाशक : राजकमल प्रकाशन प्रा. लि.
1-बी, नेताजी सुभाष मार्ग, दरियागंज
नई दिल्ली-110 002

शाखाएँ : अशोक राजपथ, साइंस कॉलेज के सामने, पटना-800 006
पहली मंज़िल, दरबारी बिल्डिंग, महात्मा गांधी मार्ग, इलाहाबाद-211 001
36 ए, शेक्सपियर सरणी, कोलकाता-700 017

वेबसाइट : www.rajkamalprakashan.com
ई-मेल : info@rajkamalprakashan.com

मुद्रक : बी.के. ऑफ़सेट
नवीन शाहदरा, दिल्ली-110 032

ITIHAS MEIN ABHAGE
Poems by Dinesh Kushawah

पूजनीय अम्मा और पिताजी
के साथ
अपने आत्मज शिष्यों
शशिभूषण और उज्ज्वल अग्रवाल
के लिए

अनुक्रम

आज भी खुला है अपना घर फूँकने का विकल्प

उजाले में आजानुबाहु

आज भी खुला है अपना घर फूँकने का विकल्प

एक बात जान लो
आँच साँच पर ही आती है
झूठ का कुछ नहीं बिगड़ता
और जाति है सहस्त्राब्दियों का सबसे बड़ा झूठ
जो सच से बड़ा हो गया है

इतिहास में अभागे

इतिहास के नाम पर मुझे
सबसे पहले याद आते हैं वे अभागे
जो बोलना जानते थे
जिनके ख़ून से
लिखा गया इतिहास
जो श्रीमंतों के हाथियों के पैरों तले
कुचल दिए गए
जिनके चीत्कार में
डूब गया हाथियों का चिंग्घाड़ना।

वे अभागे कहीं नहीं हैं इतिहास में
जिनके पसीने से जोड़ी गई
भव्य प्राचीरों की एक-एक ईंट
पर अभी भी हैं मिस्र के पिरामिड
चीन की दीवार और ताजमहल।

सारे महायुद्धों के आयुध
जिनकी हड्डियों से बने
वे अभागे
कहीं भी नहीं हैं इतिहास में।

पुरातत्त्ववेत्ता जानते हैं
जिनकी पीठ पर बने
बकिंघम पैलेस जैसे महल
वे अभागे भूत-प्रेत-जिन्न
कुछ भी नहीं हुए इतिहास के।

इतिहास के नाम पर मुझे
याद आते हैं वे अभागे बच्चे
जो पाठशालाओं में पढ़ने गए
और इस जुर्म में
टाँग दिए गए भालों की नोक पर।

इतिहास के नाम पर मुझे
याद आती हैं वे अभागी बच्चियाँ
जो राजे-रजवाड़ों के धायघरों में पाली गईं
और जिनकी कोख को कूड़ेदान बना दिया गया।

इतिहास के नाम पर मुझे
याद आती हैं वे अभागी
घसिआरिन तरुणियाँ
जिनसे राजकुमारों ने किया प्रेम
और बाद में उनके सिर के बाल
किसी तालाब में सेवार की भाँति तैरते मिले।

इतिहास नायकों का भरण-पोषण
करने वाले
इनके अभागे पिताओं के नाम पर
नहीं रखा गया
हमारे देश का नाम भारतवर्ष।

हमारी बहुएँ और बेटियाँ
जिन्हें अपनी पहली सुहागिन–रात
किसी राजा–सामन्त
या मन्दिर के पुजारी के
साथ बितानी पड़ी
इस धरती को
उनके लिए नहीं कहते भारत माता।

बहेलियों को नायक बना दिया

(यार कथाकार शिवमूर्ति के लिए)

जिन्होंने डगर-डगर, खेत-खलिहान
हर लिए कितनों के प्राण
जो घूम-घूम करते हैं
क्रौंचमादाओं का शिकार
वे एक हाथ में शस्त्र
और दूसरे हाथ में शाप लिये हैं
बपुरे निषाद और शबर तो
उनके चरणदास हैं।

ईश्वर सबसे बड़ा बहेलिया है
और दीन-हीनों को सताकर
मारने वाले उसके कृपापात्र।

क्षमा करें आदिकवि!
आजतक एक भी बहेलिया
नहीं हुआ अप्रतिष्ठित।

शिकारी राजा को अक्सर ऋषि
शाप नहीं देते

राजा हैं, जंगल हैं
राजा और जंगल दोनों हैं
इसलिए अजगर हैं।

कभी भूख के विरुद्ध
लुटेरे की भूमिका निभा चुके
आपसे अधिक कौन जानता है
उन कवियों के बारे में जिन्होंने
बहेलियों को नायक बना दिया।

जाल में चिड़िया फँसाने वाले
या जल में मछली मारने वालों को
व्याध कहना
भुखमरों पर ज्यादती होगी
महाराज!

क्षमा करें आदिकवि!
आपसे अच्छा कौन जानेगा
उन लोगों के बारे में
जो शिकार को
खेलना कहते हैं।

मैंने रामानन्द को नहीं देखा

(अपने गुरु काशीनाथ सिंह के लिए)

बिना कर्म के मिले न चेला, जग में एक अधेला
अपनी करनी गुरु पाएगा, अपनी करनी चेला
लोग वहाँ आएँगे साधो! जहाँ लगेगा मेला
जिसका सौदा अच्छा होगा, बेचेगा अलबेला
चित्त पर चढ़कर जिसकी कविता, बोले वही कबीर
क्या काशी, क्या मगहर साधो! जब मन हुआ फकीर।

कहकर गुरु ने ज्ञान की जड़ी दी
यानी खाने को रबड़ी दी
कंठी की जगह प्रीति की लड़ी दी
मोक्ष के लिए
प्रेम की हथकड़ी दी।

शिष्य गुरु के लिए
बिना धुएँ की आग ले आया
गुरु ने चेले को अपनी हेकड़ी दी।

चेला गुरु के लिए
चलनी में पानी ले आया
गुरु ने चेले का मन धोकर साफ कर दिया

और शिष्य के हाथ पर
रख दिए चारों फल।

चेला चौंका
गुरु ने गाया
प्रेम में पड़ोगे तो जानोगे
अपना सर्वस्व कैसे दिया जाता है
नहीं तो दुनिया में
जो भी लेना-देना है
सबका बहीखाता होता है।

शिष्य ने गुरु के लिए
आकाश में घर बनाया
गुरु ने चेले को मान की कुटी दी
मस्त रहने के लिए प्रेम की बूटी दी।

आँखें चार हुईं
गुरु ने उघार दिया
चेला लजाया
गुरु ने दुलराया
फिर तो गुरु यार हो गए।

पहले गुरु, गुरु थे
प्रेम में सद्गुरु हो गए।

चुल्लू भर पानी का सनातन प्रश्न

अगर आपसे कोई पूछे कि
एक ऐसी फूहड़, बेढंगी और कर्कशा
पत्नी के साथ
बाप रे बाप
कैसे निभाते हैं आप?
या कोई कहे कि
एक ऐसे उजड्ड, भोंड़े और मूर्ख
पति के साथ
कैसे रहती हैं आप?
तो इसका उत्तर 'अथातो ब्रह्म जिज्ञासा' से
अधिक कठिन है।

यहाँ 'अहं ब्रह्मास्मि' या 'तत्वमसि'
कहने से काम नहीं चलेगा
कई बार छुद्र प्रश्नों में
सभ्यताएँ छिपी होती हैं।

इधर कभी आपने ग़ौर किया
कि दस-बीस रुपए का सामान
बेचने वाले
पाँच सौ या दो हज़ार का नोट देने पर

किस तरह झुँझला उठते हैं
या रुआँसे हो जाते हैं!

पानी तो आजकल हर जगह बिकता है
पर क्यों नहीं मिलता चुल्लू भर पानी?
कई बार सरल प्रश्नों से
दर्शनों का जन्म होता है।

बड़ी-बड़ी बातें करने के आदी हम लोग
छोटे लोगों और छोटी बातों पर
ध्यान नहीं देते
दुनिया को समझने के लिए
उलझे रहते हैं सनातन प्रश्नों में।

जैसे मैं कौन हूँ? या
क्या प्रेम ईश्वर की तरह
अगम, अगोचर और अनिर्वचनीय है?

हम ग़ौर नहीं करते कि
कई बार सनातन प्रश्नों में
सनातन मूर्खताएँ छिपी होती हैं।

पहाड़ लोग

(कुँवर पाल सिंह की स्मृति में)

अपना सब कुछ देते हुए
पूरी सदाशयता के साथ
शताब्दियों के उच्छेदन के बाद भी
बचे हैं कुछ छायादार और फलदार वृक्ष
नीच कहे जाने वाले परिश्रमी लोगों की तरह।

जिन लोगों ने झूले डाले इनकी शाखों पर
इनके टिकोरों से लेकर मोजरों तक का
इस्तेमाल करते रहे, रूप-रस-गंध के लिए
जिनके साथ ये गर्मी-जाड़ा-बरसात खपे
यहाँ तक कि जिनकी चिताओं के साथ
जलते रहे ये
उन लोगों ने इन पर
कुल्हाड़ी चलाने में कभी कोताही नहीं की।

देश भर में फैले पहाड़
ये ही लोग हैं
जिन्हें हर तरह से
नोचकर नंगा कर दिया गया है।

प्रेम के लिए की गई यात्राएँ

(कथाकार संजीव के लिए)

प्रेम के लिए की गई यात्राओं में
मुझे मिली एक कोयल
जो बोलने के लिए भी
छिपने की जगह खोजती थी
पर उसके कंठ में सिमट आती थी
दुनिया की सारी मिठास।

प्रेम के लिए की गई यात्राओं में
मुझे मिली एक हिरनी
जो पत्ता हिलने पर भी
कान खड़े कर भागती थी
पर सिर चढ़कर बोलता था
उसकी आँखों का जादू।

प्रेम के लिए की गई यात्राओं में
मुझे मिली एक टिटिहरी
जो सारी रात इस चिन्ता में गुज़ार देती कि
धरती पर गिरे न आसमान
पर उसकी उड़ान
सपनों को झूला झुलाती थी।

इस तरह छिपकर–डरकर–भागकर की गई
यात्राओं में कहाँ–कहाँ नहीं गया प्रेम के लिए
देखे न जाने कितने औघट घाट
तैरकर उफनती नदी पार की
दौड़कर पार किए पहाड़
इस छोटी–सी काया में
न जाने कितने समुद्रों की प्यास है कि
प्रेम के लिए सात समन्दर पार गया।

चलते ही आतुरता ऐसी कि
पैरों की जगह निकल आते पंख
विह्वलता ऐसी कि
पिघलते मोम की तरह बहता अस्तित्व
जुदाई का डर ऐसा; जैसे कोई
कलेजे को कपड़े के थान की तरह चीर रहा हो।

अक्सर अनजान नगर में होता था सजनी का डेरा
पर नैन रमैया आँखों में ऐसे रमता कि
पड़ाव पर पहुँचकर ही
आत्मा लेती थी विश्राम।

प्रेम ने मेरी सारी बैसाखियाँ छीन लीं
और अपनी देहरी पर
सिर के बल चलना सिखाया
जहाँ गति या दुर्गति का कोई मूल्य नहीं था
बसन्त और पतझर सगे भाई थे।

जब चाक पर चढ़ा तो
अपना सब कुछ माटी के मोल दे दिया
और उस पर से गिरा तो
भर मुँह माटी ले लिया।

रास्ते के दृश्य चाहे कितने ही मनमोहक रहे हों
पर प्रेम के पास से लौटते समय
जो उदासी छाई
वह दुसह थी
किसी उदास-असह्य सपने की तरह
जैसे-तैसे बीता एक कालखंड।

प्रेम में मुझे धरती के सीमान्त देखने थे
प्रिय के संग-संग देखनी थीं पार्वती गुफाएँ
दोनों को सघन वन में गुज़ारनी थी एक रात
मेले में गलबहियाँ डाले घूमना था
तैरना था झील पर चन्द्रमा के साथ-साथ
परन्तु प्रेम यहाँ सिर्फ़ आदर्श वचनों में था
हमारी धरती पर उसकी मौखिक वर्षा हो रही थी।

इधर लगी थी ऐसी लगन
जैसे हरे-भरे वृन्दावन में आग लगी हो
जब मन की आग ही नहीं बुझी
तो तन की क्या बुझती?
जीवन का जमुन-जल व्यर्थ गया
खोजता रहा जिसे, अब तक
नहीं मिली वह कस्तूरी।

किसी भी आरोहण से कठिन
इन यात्राओं के लिए
आज भले न हो कोई गर्व
पर इस रास्ते पर चलने के लिए
यह उम्र बहुत थोड़ी थी

प्रेम के लिए की गई यात्राओं का गवाह
आज कोई नहीं, सिवाय समय के एक टुकड़े के

जो एक दर्पण की तरह
साक्षी मात्र था हमारी यात्रा का।

हमारे सोने का समय,
हमारी चाँदी का समय
हमारे सोने से जागता था
जहाँ नींद कोई व्यवधान नहीं डालती थी
और आती थी तो इस गहरे भाव से
जैसे हमारी आत्मा से मिल गई हो।

ओबामा के समय में बेली की याद

(मित्र ओमप्रकाश वाल्मीकि के लिए)

सन् उन्नीस सौ छियानबे का साल
अटलांटा ओलम्पिक में
सौ मीटर की दौड़ जीतने के बाद
वहीं ख़ुशी से चिल्लाने लगा
विश्व का फर्राटा बादशाह दोनोवान बेली
कनाडा के इस काले नौजवान को
ख़ुशी में चिल्लाते देखकर
लगता था इसके जबड़े अभी निकल आएँगे।

मैंने मन ही मन बेली को बधाई दी
मैं नहीं समझता था उसकी भाषा
पर उससे बतियाने का मन करता था।

तुम लोग जो
दुनिया के सबसे बलवान लोग हो
क्यों बदलते हो अपना धर्म?
वह कौन सी फाँस है
जो तुम्हारे सीने में चुभती रहती है?

क्या तुम्हारी जीत पर
तुम्हारी तरह ख़ुश हो पा रहा होगा
तुम्हारी बस्ती का वह काला बच्चा
जिसका विधिलेख ही
काला है इस दुनिया में।

अपने रंग को लेकर तुम्हें
इतने ताने क्यों सुनने पड़ते हैं
ऐसे मारक ताने जो तुम्हारी जान ले लेते हैं
जबकि तुम्हारे शरीर की बलवती मछलियाँ
समुद्र मथकर अमृत निकाल सकती हैं।

लगता है तुम्हारा खुला मुँह
अभी निगल लेगा सूरज को
हमारे आदिवासी हनुमान की तरह।

तो आख़िर तुम सारे
विश्व विजयी खिलाड़ियों का मुँह
अपने प्रति हो रहे
अत्याचारों के ख़िलाफ़
कब खुलेगा!

ईश्वर के पीछे

(स्टीफन हाकिंग के लिए)

ईश्वर के अदृश्य होने के अनेक लाभ हैं
इसका सबसे अधिक फायदा
वे लोग उठाते हैं
जो लोग हर घड़ी यह प्रचारित करते रहते हैं
कि ईश्वर हर जगह और हर वस्तु में है।

इससे सबसे अधिक ठगे जाते हैं वे लोग
जो इस बात में विश्वास करते हैं कि
भगवान हर जगह है, और
सब कुछ देख रहा है।

बुद्ध के इतने दिनों बाद
अब यह बहस बेमानी है कि
ईश्वर है या नहीं है
अगर है भी तो उसके होने से
दुनिया की बदहाली पर
तब से लेकर आज तक
कोई फ़र्क़ नहीं पड़ा।

यों उसके हाथ बहुत लम्बे हैं
वह बिना पैर हमारे बीच चला आता है
उसकी लाठी में आवाज़ नहीं होती
अंधे की लकड़ी के नाम पर
वह बन्दों के हाथ में लाठी थमा जाता है
और ईश्वर के नाम पर
धर्म युद्ध की दुहाई देते हैं
बुश से लेकर लादेन तक।

ईश्वर की सबसे बड़ी खामी यह है कि
वह समर्थ लोगों का कुछ भी नहीं बिगाड़ पाता
समान रूप से सर्वव्यापक, सर्वशक्तिमान
प्रभु प्रेम से प्रकट होता है
पर घिनौने बलात्कारियों के आड़े नहीं आता
अपनी झूठी कसमें खाने वालों को
लूला-लंगड़ा-अंधा नहीं बनाता
आदिकाल से अपने नाम पर
ऊँच-नीच बनाकर रखने वालों को
सन्मति नहीं देता
नेताओं की तरह
उसके आस-पास
धूर्त, छली और पाखंडी लोगों की भीड़ जमा है।

यह अपार समुद्र
जिसकी कृपा का बिन्दु मात्र है
उस दयासागर की असीम कृपा से
मजे में हैं सारे अत्याचारी
दीनानाथ की दुनिया में
कीड़े-मकोड़ों की तरह
जी रहे हैं गरीब।

ईश्वर के अदृश्य होने के अनेक लाभ हैं
जैसे कोई उस पर जूता नहीं फेंकता
भृगु की तरह लात मारने का सवाल ही नहीं
उस पर कोई झुँझलाता तक नहीं
बल्कि लोग मुग्ध होते हैं कि
क्षीरसागर में लेटे-लेटे कैसी अपरम्पार
लीलाएँ करता है जगत का तारनहार
दंगा-बाढ़ या सूखा के राहत शिविरों में गए बिना
मंद-मंद मुस्कराता हुआ
हजरतबल और अयोध्या में
देखता रहता है अपनी लीला।

उसकी मर्जी के बिना पत्ता तक नहीं हिलता
सारे शुभ-अशुभ, भले-बुरे कार्य
भगवान की मर्जी से होते हैं
पर कोई प्रश्न नहीं उठाता कि
यह कौन-सी खिचड़ी पकाते हो दयानिधान?
चित्त भी मेरी और पट्ट भी मेरी
तुम्हारे न्याय में देर नहीं, अँधेर ही अँधेर है कृपासिन्धु।

ईश्वर के पीछे मजा मार रही है
झूठों की एक लम्बी जमात
एक सनातन व्यवसाय है
ईश्वर का कारोबार।

महाविलास और भुखमरी के कगार पर
एक ही साथ खड़ी दुनिया में
आज भले न हो कोई नीत्से
यह कहने का समय आ गया है कि
आदमी अपना ख़याल ख़ुद रखे।

प्राणों में बाँसुरी

(मोती बी.ए. की स्मृति में)

कितने दिन हुए
धूल में खेलते किसी बालक को
उठाकर गोद में लिए हुए।

मुद्दत हुई अपने हाथ से पकाकर
किसी को जी भर खिलाकर
अपनी आत्मा को तृप्त किए हुए।

कितने दिन हुए
हाथ से बन्दूक छुए
जबकि वह मुझे अच्छी लगती है।

किसी जूड़े में फूल गूँथे हुए
कितने दिन हुए
कितने दिन हुए
नदी में नहाए हुए।

कितने दिन हुए
न रोमांच हुआ
न जी टीसा
न प्राणों में बाँसुरी बजी।

कितने दिन हुए
न खुलकर रोया
न खुलकर हँसा
न घोड़े बेचकर सोया।

महिला सरपंच के निर्वसन घुमाए जाने पर

(आपा* मैत्रेयी पुष्पा के लिए)

दुहाई देकर निशाना
मछली की आँख में मारा जाता है
और एक स्त्री के
मनमाने इस्तेमाल की
छूट मिल जाती है।

आग लगती है हस्तिनापुर में
और जलता है द्रौपदी का लहँगा
ख़ून हरियाली का होता है
वध मासूमियत का
पंख सुन्दरता के नोचे जाते हैं
और सिर्फ़ चिड़िया की आँख
देखने वाले कुछ नहीं देखते।

बोलती औरत को चुप कराने का
एकमात्र हथियार बेहयाई है।

निर्लज्ज लोगो!

---

* बड़ी बहन

दुनिया! आग! हवा! और पानी!
स्त्री ने नहीं बनाया फिर भी
उसी के दम पर सिरजी है दुनिया
उसी के जतन से ज़िन्दा है आग
उसी की साँसों से महकती है हवा
स्त्री की आँखों से ही बचा है
धरती का पानी।

अन्तिम इच्छा जैसा कुछ भी नहीं है जीवन में

जब कुछ खोया-खोया सा लगता है
और पता नहीं चलता कि
क्या खो गया है
तो वे दिन जो बीत गए
दिल की देहरी पर
दस्तक दे रहे होते हैं।

वे दिन जो बीत गए
लगता है बीते नहीं
कहीं और चले गए
बहुत सारे अनन्यों की तरह
और अभी रह रहे हैं
इसी देश काल में।

जो बीत गया इस जीवन में
उसे एक बार और
छूने के लिए तरसते रहते हैं हम।

बीते हुए कल की न जाने
कितनी चीज़ें हैं जिन्हें
हम पाना चाहते हैं उसी रूप में

बार-बार
नहीं तो सिर्फ़ एक बार और।

ललकते रहते हैं
उन्हें पाने के लिए हम
मरने से पहले
अन्तिम इच्छा की तरह
और अन्तिम इच्छा जैसा
कुछ भी नहीं है जीवन में।

महारास

(सखी अनन्या के लिए)

प्रेम करना मैंने
अपने पुरखों से सीखा
यह कबीर से लेकर निराला
ग़ालिब से लेकर फ़ैज
और उनके बाद के पुरखों की
एक लम्बी यात्रा थी।

शुरुआत मैंने
केदारनाथ अग्रवाल की कविता से की
प्रिया से कहा—'वंशी मत बजाओ
मेरा मन डोल रहा है।'

वह मोहिनी लेकर
डोलने लगी मेरे आस-पास
कहा—चलो!
सब कुछ छोड़कर नाचो मेरे साथ
मैं नाचने लगा
और नाच के सिवा सब कुछ भूल गया।

एक दिन मुझे उदास देखकर
उसने कहा—प्रिय मेरे लिए

एकान्त मत खोजो
सबके सामने प्रेमनृत्य ही महारास है।

मैंने उसे धन्यवाद दिया
त्रिलोचन की कविता से
कहा—'यूँ ही कुछ मुसकाकर तुमने
परिचय की यह गाँठ लगा दी।'

इतना ही क्या कम है
तुम्हारा ऋणी होने के लिए
भय-घृणा-हिंसा और बलात्कार भरे इस समय में
तुम्हारा होना ही अहोभाग्य है।

मैंने परिहास किया—
वैसे भी आज की हिन्दी कविता
एकान्त के अनुभव के मामले में बहुत दरिद्र है
लगता ही नहीं कि हम कालिदास के वंशज हैं।

उसने कहा—मैंने कुछ समझा नहीं
मैंने कहा—इसमें समझ में न आने वाली
कौन सी बात है?
उसने कहा—तुम नहीं समझोगे!
मैं जा रही हूँ

मैंने प्रेम को विदा किया
केदारनाथ सिंह की कविता से
कहा—जाओ
यह जानते हुए कि 'जाना'
'हिन्दी की सबसे ख़ौफनाक क्रिया है।'

ऑनर किलिंग के समय में बालसखी

(उसी सर्वानी को...)

आज लगभग चालीस वर्षों बाद
भूलकर तुम्हारी सौगन्ध
मैंने शराब पी सर्वानी।

उस समय एक बार भी
नहीं आई तुम्हारी याद
याद आती रही वह लड़की
जिसे कल शाम
इस पहाड़ी कस्बे में देखा था।

नहीं याद आया तुम्हारा तकिया कलाम
'बुरी चीज़ है।'
'तुम्हारी आँखें शराबी लगती हैं'
'कैसे जानते हो तुम शराब
कभी मत पीना
मेरी सौगन्ध! बुरी चीज़ है!'
'सर्वी! एक चुम्मा'
'नहीं! नहीं! शादी के बाद
बुरी चीज़ है।'

मैंने दबा दी एक आँख
और शर्म से लाल तुम
'हाय राम! बुरी चीज़ है।'

आज सपने में चली आईं तुम
जैसे आती हो कभी-कभार
घंटों बतियाती रहीं
इधर-उधर की बातें
कहा—'अब तुम बड़े आदमी हो गए
पढ़े-लिखे समझदार
पर ज़माना अब हो गया बहुतै खराब
एक बात बताओ
तुम्हारे सपने में आने के कारण
कोई हमें मार तो नहीं देगा!'

हर औरत का एक मर्द है

(कथाकार प्रेमिला के लिए)

छलना कह लो, माया कह लो
नागिन, ठगिनि, दुधारी।
ढोल, गँवार, शूद्र पशु कह लो
कामिनी, कुटिल, कुनारी॥

डायन या चुड़ैल कह पीटो
अबला दीन बेचारी।
जहर पिलाओ, गला-दबाओ
अथवा करो उघारी॥

सावित्री घर की मर्यादा
सतभतरी रसहल्या।
पति परमेश्वर की आज्ञा है
पत्थर बनो अहिल्या॥

यज्ञों में दुर्गति करवाओ
जुआ खेलकर हारो।
प्रेम करे तो फाँसी दे दो
पत्थर-पत्थर मारो॥

बलि दे दो, ज़िन्दा दफ़नाओ
जले बहू की होली।
पतिबरता तो मौन रहेगी
कुल्टा है जो बोली॥

सती बने या जौहर कर ले
डूब मरे सतनाशी।
विधवा हो तो ख़ैर मनाओ
भेजो मथुरा-काशी॥

जाहिल-जालिम आक्रान्ता को
बेटी दे बहलाओ।
बेटे खातिर राज बचा लो
ख़ुद भी मौज उड़ाओ॥

कुआँ, बावली, पोखर, नदियाँ
मर सीताएँ पाटीं।
किस करुणाकर, करुणानिधि की
वत्सल छाती फाटी॥

अपनी दासी उनकी बेटी
अपनी बेटी उनकी।
महाठगिनि ने पूछा मुझसे
ये माया है किनकी॥

उन मर्दों में मैं भी शामिल
फिर भी कहूँ तिखार।
हर औरत का एक मर्द है
लुच्चा, जबर-लबार॥

हरिजन देखि प्रीति अति बाढ़ी

(बाबा नागार्जुन की स्मृति में)

खल गई विपदा तो कहा राम राम
टल गई विपदा तो कहा राम राम
कुछ हुआ गड़बड़ तो कहा राम राम
सपने में बड़-बड़ तो कहा राम राम।

बिसर गया काम तो बोले अरे राम
निकल गया काम तो बोले जै राम

मिले तो राम राम, चले तो राम राम
डकारे तो राम राम, सिधारे तो राम राम
बोली लगी तो राम राम, गोली लगी तो राम राम
जीवन-रेखा राम राम, सबमें देखा राम राम।

बूढ़े-बच्चे, झूठे-सच्चे, प्रेम से बोलो राम राम
जय श्री राम! हो गया काम।

पर जब सुना किसी का नाम
आगे पीछे लगा है राम
जैसे राम सजीवन राम

या बाबू जगजीवन राम
राम नाम की माला फेंकी
मुँह से निकला छी! छी! राम।

हरिजन देखा, आँखें फूटीं
करुणा, दया, भलाई छूटी।

बिछुड़े छंद साथी से

यह न समझना धुआँ ज़िन्दगी
में अब कोई आग नहीं है,
जिसको मिलकर गा न सकें हम
ऐसा कोई राग नहीं है।

अब भी जीवन में यौवन का
वही मृदुल उद्दाम वेग है,
वही शक्ति, संचार वही है
वही रूप है, वही तेज है।

तुमसे मिलकर लगता है
कविता कितनी आसान हो गई,
शब्द हो गए अपने साथी
गीत–परी कुर्बान हो गई।

सिवाय इश्क़ या कि इंक़लाब

हुआ था जो भी, हुआ था, हुआ वो फिर न हुआ
इस शहर में तो मेरा, कोई मुन्तज़िर न हुआ।

परीखाने से चले चाँद के मुसाफ़िर का
क्या कोई दिल न हुआ, क्या कोई जिगर न हुआ।

हज़ार ख़्वाहिशों का दम निकल गया लेकिन
वो एक मकान जो अपना था, कभी घर न हुआ।

इश्क़ आदत नहीं फितरत है मेरी क्या कहिए
मेरे मिज़ाज़ का क़ायल, वो सितमग़र न हुआ।

सिवाय इश्क़ या कि इंक़लाब करने के
दिले नादां पे किसी बात का असर न हुआ।

दिल के मिलने से तसल्ली नहीं है इस दिल को

वो जानता है किसे, कैसे लुभाया जाए
अपने जादू को कहाँ, कैसे चलाया जाए।

किसी भी राह से गुज़रूँ वो बुला लेता है
उसे मालूम है, कब हाथ हिलाया जाए।

इतने नादां भी न थे जान से जाने वाले
वो जानता है, जहर कैसे पिलाया जाए।

दिखा दिखा के वो, ख़ुद को समेट लेता है
कि जैसे चाँद चले बादलों में आ जाए।

अदा है उसकी, कभी ख़ास कभी ग़ैर लगे
सुने न बात, कभी बात में भी आ जाए।

दिल के मिलने से तसल्ली नहीं है, इस दिल को
किए है ज़िद कि इसे दिल से लगाया जाए।

दिल को पहलू में सँभाले

दिल को पहलू में सँभाले, एक ज़माना हो गया,
आप कहते हैं कि वो, सपना पुराना हो गया।

जिसकी चौहद्दी में हर एक, आदमी था आदमी,
जिसके चलते आँखवाला, हर सयाना हो गया।

बस गए दिल में हमारे सेठ मल्टीनेशनल,
बिलबिलाता भूख से, भाई बेगाना हो गया।

झूलते हैं लोग अब ख़ुद, फाँसियों पर खेत में,
देश की सरकार का, ये ताना-बाना हो गया।

शर्म तो जाती रही ऊपर से ऐसी नंगई,
माफियों-डॉनों के घर में, आजा जाना हो गया।

एक दिन प्रेम

एक दिन जब
तुम किसी और से मिलने आईं
मैं तुम्हें जानता था
ठीक उसी तरह जैसे
अपने घर से बाहर
लहलहाती वन तुलसी को।

एक दिन जब
एक चाँदी की मछली तैर रही थी निर्झर में
मैंने अनायास छू लिया तुम्हें
और तुझसे पूछा तक नहीं
कि तुम्हें कैसा लगा!

एक दिन जब
मैं हिसाब लगा रहा था
कितने बरस बीत गए तुम्हें छुए
तो चाँदनी बरस रही थी
तुम्हारे घर के चारो ओर और
तुम मेरे बारे में ही सोच रही थीं।

पता चला कई सारे राग
बनाए हैं तुमने उस छूने के बारे में
जिन्हें अपने एकान्त में गाती हो तुम।

एक बार छूने से कहीं ऐसा संगीत फूटता है?
तुम्हारा नाम तो सितार होना चाहिए
इतने सुर छिपे हैं तुम्हारे भीतर
स्वर लहरियों का मेला है तुम्हारा गीत।

अब छूना नहीं
डूबकर सुनना चाहता हूँ
वह राग
जो सिर्फ़ तुम्हारी वीणा से फूटता है।

है कोई दूसरा इस धरती पर

तुमने बहुतों का मन मोहा होगा
बहुतों ने देखा होगा तुम्हें लुभाकर
पर जिस मुग्ध भाव से तुम्हें
मैं देखता हूँ
है कोई दूसरा इस धरती पर।

मैंने तुम्हारी प्रतीक्षा की है—बरसों
अब भी कर रहा हूँ
उन लोगों का अन्दाज़ा होगा तुम्हें
जो तुम्हारी प्रतीक्षा करते हैं
पर जिस तरह देखता हूँ
मैं तुम्हारी राह
है कोई दूसरा इस धरती पर।

झूठ क्यों बोलूँ
बचपन से अब तक मैंने
बहुत सपने देखे हैं
पर तुमसे प्रिय मेरा कोई सपना नहीं है।

हो सकता है कोई और देखता हो
तुम्हारा सपना

पर अपने सपने में मैं
जिस प्रकार बरतता हूँ तुम्हें
है कोई दूसरा इस धरती पर।

अच्छा ये बताओ
अगर एक दिन
कुछ देर के लिए
यह दुनिया चली जाए भाड़ में
तब एक झबरीली चिड़िया की तरह
आकर तुम बैठ सकोगी मेरी हथेली पर!

तुम्हारे रक्त में घुलने के लिए

कोई तुम्हें पुकारता है
और लगता है जैसे
वह मुझे आवाज़ दे रहा है
मैं दौड़कर वहाँ पहुँच जाता हूँ।

एक श्याम-श्वेत छायाचित्र है
तुम्हारा रूप जिसे मैं
कमीज की ऊपरी ज़ेब में
रखकर घूमता हूँ
और उसके बल पर लड़ता रहता हूँ
दुनिया के जादू-टोने से।

तुम्हारे घर का नाम
जिससे तुम्हें पहचानता है
तुम्हारी गाय का बछड़ा
सुनते ही चहकने लगते हैं पंछी
और मुझे लगता है
वन प्रान्तर से शहर में
आ गई है शकुन्तला।

तुम कहती हो
तुम्हारा मुँह अधिक खुलता है
मुझे उसमें दिखता है ब्रह्मांड
जब कानों में पड़ती है तुम्हारी सरगोशी
तो मन करता है
तुम्हारी जीभ में लगी शहद चाट लूँ।

तुम्हारी बाँहों के रोओं में
बसते हैं मेरे प्राण
उन पर रखकर अपने कपोल
मैं आवाज़ देता हूँ सूरज को
तुम्हारे रक्त में घुलने के लिए।

आज भी खुला है, अपना घर फूँकने का विकल्प

उम्र का पहला पड़ाव
जिसे पहले प्यार की उम्र भी कहते हैं
मैंने सब कुछ छोड़कर किया प्यार
और लिखी कविता।

उन दिनों प्यार ही
जीवन की प्राथमिकता थी
कविता उसकी क्षतिपूर्ति
ये तो बाद में पता चला कि
इस ससुरी कविता से
'जब न चोला बन सकता है न चोली'
तो आप ही बताएँ मैं इसका क्या करूँ?

जब चोली से भेंट हुई तो
चोला ऐसा मगन हुआ कि
चोरों के गिरोह में शामिल होने की
अर्जी देने लगा

अपने को ईमानदार चोर घोषित करता हुआ
जब किसी तरह शामिल हुआ चोर-बाजार में
तो चोरी की अपनी शर्तें थीं
और चोर की अपनी सीमा

तब जाकर पता चला कि सूर या तुलसीदास मुझसे
अधिक 'कुटिल-खल-कामी' नहीं रहे होंगे
अवसर मिलता तो 'सब पतितन को टीको' हो जाता
हो सकता है कुम्भनदास फतेहपुर सीकरी से
बैरंग लौटा दिए गए हों
अराजक करार देकर।

बहरहाल
मेरी 'पनहिया' कई बार टूटी
पैरों में लुढ़ककर आ गिरी पगड़ी
कई बार
पर मैंने नहीं लिखी
आत्मालोचन की वैसी कविताएँ।

आज सोचता हूँ कि
मैं एक अदना सा चोर था
व्यवस्था का चाकर
वे लोग जो पिस रहे थे चक्की में
उनके लिए राजा को गरिआता रहा
और उसकी नर्तकियों की करता रहा मनुहार
भड़वों के पाँव सहलाता रहा।

अगर राजा का तबलची भी हो गया होता
तो तानसेन की पदवी मिली होती
नर्तकियाँ आरती उतारतीं और
भड़वे उस्ताद कहकर तलवे चाटते।

मैं कबीर से पूछने गया
कि क्या करूँ दादा!
ब्राह्मण से लेकर शूद्र

गांधी से लेकर लोहिया
एम.एन. राय से लेकर मायावती
सबसे गुहार लगाई
पर जो तब पिस रहे थे चक्की में
आज भी पिस रहे हैं।

अपने को मिलने लगी थी चुपड़ी
पर वो भी खा नहीं सकता
शुगर हो गई है
और अब छोकरियों के आगे
छछिया भर छाँछ पर नाचने में
पहले जैसा उत्साह नहीं रहा।

अब पाँड़े और कसाई हो गए
हिन्दू और तुर्कों की राह और बिगड़ गई
तब एक पाहन पूजा जाता था
अब लाखों किस्म के पत्थर पूजे जाते हैं।

अब ठगनी नैना झपकाती है तो
कालगर्ल बना दी जाती है
राजतंत्र में राजा का बेटा राजा होता था
लोकतंत्र में नेता का बेटा नेता
मंत्री का बेटा मंत्री
राजे-रजवाड़े जननेता।

पचास साल के लोकतंत्र पर गिरी है
वंशवाद, गुंडागिरी, पैसा और जाति की गाज
कोढ़ में खाज की तरह कि
अंधे बाँटते हैं रेवड़ी
और चीन्ह-चीन्ह कर देते हैं।

दुर्योधनों की भीड़ से सभाएँ भरी हैं
मंच से माँ कहते हुए भारत को
रोज ही उसकी साड़ी टॉन रहे हैं दु:शासन
भीष्म, द्रोण और कृपाचार्य
प्रश्न पूछने का पैसा लेते हैं
एकलव्यों के अँगूठे कटते रहें तो
कृष्ण को कोई शिकायत नहीं है।

किसी भी समय में इतने धृतराष्ट्र नहीं थे!!!

कारिंदे जो सबसे बड़े चोर हैं
सबको चोर समझते हैं
वे नौकर नहीं शाह बनकर
हमारी छाती पर सवार हैं
स्वाधीनता की दुर्गति तो देखिए
दलाली का इतना बड़ा तंत्र कभी नहीं था
मंज़िल उन्हें मिली है
जो सफ़र में कहीं नहीं थे।

कबीर वितृष्णा से मुस्कुराए, कहा—
तुम इस युग के नए ब्राह्मण हो
अपने को अदना कहने में भी
झलकता है तुम्हारा अहंकार
दूसरे की बुनी चादर ओढ़कर
कबीर नहीं बना जा सकता
तुम क्या वाकई मेरे पथ पर चलना चाहते हो?

तुम क्या बनोगे कबीरपंथी
जब कबीरपंथी हो गए ब्राह्मण
कम्युनिस्ट हो गए कांग्रेसी
समाजवादी हो गए भाजपाई

ब्राह्मण हो गए बसपाई
रामनाम लेकर तर गए कसाई।

यह नए बहाने से फिर
प्रजाओं की तलाश है
समझे प्रोफेसर मध्यवर्गायी।

जाति से ऊपर उठ भी जाओ
तो भारत में अपनी जाति से उबरना
बहुत कठिन है
तुम्हें तो अपनी जाति तब याद आती है
जब कोई उस पर हिक़ारत से
अँगुली उठाता है।

मैं तो कभी नहीं भूला कि
बनारस का जुलाहा हूँ
जबकि मुझे बाभनी का बेटा बताया गया था
पर बताने से होता क्या है इस देश में
कर्ण को भी तो कुंती का बेटा बताया गया था
और मेरे जन्म के पहले से ही
ऋषियों की एक लम्बी फेहरिस्त है
शूद्रा माँओं से जन्मने की
तो बताने से कुछ नहीं होता
होता है इससे कि बताने वालों के
कितने काम के हैं आप?
माँ से नहीं बाप से तय होती है जाति।

जाति-धर्म-सत्ता के जो थे सरताज
वही हैं आज भी
कुशवाहा जी कहाँ हैं आप?

जाइए–कामरेड ज्योति बसु से पूछिए कि
उनके मंत्रिमंडल में युगों तक
मंत्री क्यों नहीं बना एक भी चर्मकार?
और इन्दिरा–सोनिया से पूछिए कि
उनके यहाँ बना भी तो
चमरौटी का क्या बना दिया?

मेरे यहाँ आते हैं कभी–कभी
पंडित हजारी प्रसाद, बाबा नागार्जुन
ठाकुर विश्वनाथ प्रताप
कहते हैं करना कुछ चाहते थे हम भी
पर नहीं कर सके बच्चों का विवाह
जाति से बाहर।

आप तो हैं 'वर्ग' की कक्षा के छात्र
वर्ण की मनोहरता लक्ष्मण बंगारू के आक़ा
हिन्दू सन्त बनिया सम्राट अशोक सिंहल से पूछिए
कि अयोध्या में बन रहे राम मन्दिर का
कौन होगा महंत?
किस जाति का होगा पुजारी?
बताइए न कल्याण सिंह जी
जी! उमा भारती!
या आप ही बाबू कांशीराम?

जाति क्यों है कुछ लोगों के लिए सोने का तमग़ा
जिसे वे सीने पर सजाए
छाती फुलाए घूमते रहते हैं
और जाति कुछ लोगों के लिए
क्यों है सफेद कुष्ठ का दाग़
जिसे वे हर घड़ी छिपाते फिरते हैं?

आख़िर सरकार
क्यों नहीं घोषित करती जाति को 'राष्ट्रीय शर्म'
और अन्तर्जातीय प्रेम विवाहों को 'राष्ट्र-सम्मान'।

यह पंडित नेहरू का लोकतंत्र है
और पंडित राहुल गांधी का सुराज
जहाँ देखो तो कम मजे में नहीं हैं मोदी
मुलायम, लालू परसाद या रामविलास
समझे कि नहीं समझे कुछ
यही कि 'अलख नहीं हैं पिया'
जो बोले सो निहाल।

आदमी से प्रेम हो या देश से
प्रेम तब भी खाला का घर नहीं था
और आज भी खाला का घर नहीं है
दरअसल मैं होऊँ या तुलसीदास
गालियाँ दोनों ने दी हैं
पर लिखा है प्रेम पर।

तब लिखने पर खाल खींचकर
भूसा भर दिया जाता था
हाथी के पैरों तले कुचलवा देना
थी आम बात
मुझे तो जल समाधि दे दी गई थी
दो-चार डंडा तो पा गए बाबा तुलसी भी
पर उनके पास सुविधा थी
विश्वनाथ मन्दिर में महादेव जी से
'सही' कराने की
जैसे आज सुविधा है आलोचक पटाने की
या 'काशी के डोम' के घर
शंकराचार्यों के जिमाने की

दोनों दो बातें हैं परन्तु
एक ही राह है स्वर्ग में जाने की।

अपुन तो ठहरे धुनिया-बुनिया, बंगा
बुद्धू-लुच्चा-नंगा
और आज इसलिए ज़िन्दा छोड़ दिए गए हैं
कि हम वोट हैं प्रजातंत्र के
नेता अब लोगों को कहाँ मानते हैं आदमी
सारी जनसंख्या को वे वोट समझते हैं।

ब्राह्मण के पास मन (शास्त्र) है
ठाकुर के पास तन (शस्त्र) है
बनिया के पास धन (तंत्र) है
नेताओं के पास है जाति
और जाति को उनने
वोट में बदल दिया है
इसलिए आज एक भी
नेता नहीं है जाति के ख़िलाफ़।

एक बात जान लो
आँच साँच पर ही आती है
झूठ का कुछ नहीं बिगड़ता
और जाति है सहस्राब्दियों का सबसे बड़ा झूठ
जो सच से बड़ा हो गया है।

सुरक्षित ढंग से जियो जीवन
या करो प्रेम, दोनों ही होंगे बेस्वाद।

भले लोग महात्मा को
कहते रहे बनिया-बक्काल
पर यह सब जानते हैं कि

बापू के मुँह में राम था
बगल में छूरी नहीं थी
आज भी गवाह हैं वरवरराव कि
कविता करता था कबीर
पर उसके जीवन और
कविता में दूरी नहीं थी।

वरना किसे नहीं दिखता
किसानों की आत्महत्या
और मर–मर कर जीना
पुलिस की गोली और
आदिवासियों का सीना
'सलवा जुडुम' से सन्तोष नहीं हुआ तो
भूख के ख़िलाफ़ लगाएँगे सेना।

न जाने कब इस देश में दुबारा
होंगे गौतम बुद्ध, राहुल सांकृत्यायन, भगत सिंह,
चारु मजुमदार, अम्बेडकर और मोहनदास।

कुहासा घना है आज भी
चक्की में पिस रहे लोग छटपटाते हैं
पर अपनी लुकाठी लेकर चलने
और अपना घर फूँकने का विकल्प
आज भी खुला है।

उजाले में आजानुबाहु

बड़बोले किसी के सगे नहीं हैं
वे जिस पौधे को लगाते हैं
कुछ दिनों बाद
एक बार उसे उखाड़कर देख लेते हैं
कहीं जड़ तो नहीं पकड़ रहा

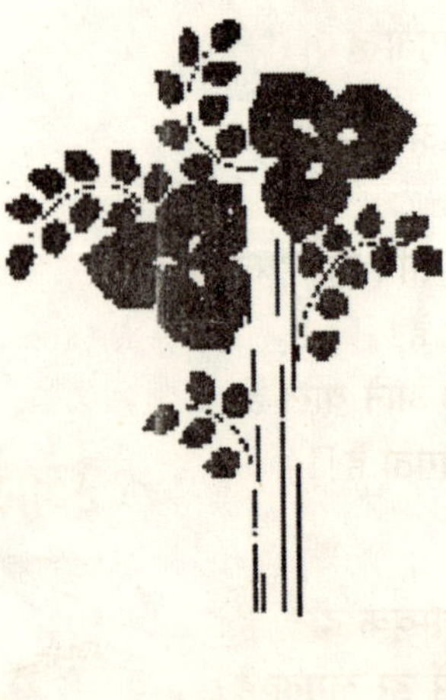

अच्छे दिनों का डर

(कवि मित्र वीरेन डंगवाल के लिए)

एक दिन ऐसे ही
नहीं रहेंगे बाल
नहीं रहेंगे दाँत भी
आँखों की ज्योति धुँधली हो जाएगी
एक दिन मिट्टी में मिल जाएगी यह देह।

पर देश नहीं रहेगा
शून्य हो जाएगा संविधान
लोकतंत्र को लकवा मार जाएगा
सबके लिए सैनिक शिक्षा अनिवार्य होगी
सोचकर डर लगता है।

जब जीवन के अन्तिम सत्य से
डर नहीं लगता
तब छप्पन इंच सीने की हुँकार से
डर क्यों लगता है!
जब अच्छे दिन आने वाले हैं
तब डर क्यों लगता है!!

मेरे भाई!
मैं सीता और शम्बूक दोनों हूँ
मुझे रामराज्य से डर लगता है।

अनुत्तरित

(लोरेना फिलिप के लिए)

अनुबन्धों की शर्त लगाकर
लौट गईं तुम घर तक आकर
तब तो बहुत अकेली थीं तुम
अब कैसे रह पाती होंगी?

कभी आँख भर आती होगी
मन की व्यथा सताती होगी
पहले तुम दौड़ी आती थीं
अब किससे कह पाती होंगी?

जब कोई मिलता है तुम सा
मन हो जाता है ये गुम सा
मेरे जैसा कभी किसी को
तुम भी तो पा जाती होंगी?

विश्वग्राम की अगम अँधियारी रात

(डॉ. लाल बहादुर वर्मा और इतिहासबोध के लिए)

आजकल ईमानदार आदमी
कुर्सी में चुभती कील जैसा है
कोई भी ठोक देता है उसे
अपनी सुविधा के अनुसार
बहुत हुआ तो
निकालकर फेंक देता है।

ईमानदार आदमी का हश्र देखकर
डर लगता है, और
बेईमानों की ओर देखने पर वे
आँखें निकाल लेते हैं।

जिन लोगों का कब्जा है स्वर्ग पर
उनके लिए ईमानदार आदमी
धरती का बोझ है।

ईमानदार आदमी की खोज वे
संसार की सैकड़ा भर लड़कियों में
विश्व सुन्दरी की तरह करते हैं
और बना लेते हैं

अपने विज्ञापनों का दास।
इधर लोग
देह, धरम, ईमान बेचकर
चीज़ें ख़रीदना चाहते हैं
सच्चाई–नैतिकता पर लिखी किताब
लोकार्पित होती है
माफिया मंत्री के हाथों।

इतिहास के किस दौर में आ गए हम
कि सामाजिक न्याय के लिए आया
मुख्यमंत्री मसखरी के लिए
महान परिवर्तन के लिए आई नेत्री
हीरों के गहनों के लिए
इक्कीसवीं सदी के लिए आया प्रधानमंत्री
तोप के लिए
रामराज्य के लिए आया प्रधानमंत्री
प्याज के लिए
ईमानदारी का पुतला प्रधानमंत्री
घोटालों की सरकार के लिए
दो सौ रुपए किलो की दाल के लिए
जाना जाएगा।

पूछती है मेरी बेटी

(बेटी अंशुला कुशवाह के लिए)

जनक बहुत कुछ जानते थे सीते!
गोकि हल की मुठिया
थामे बिना राजा
नहीं समझ सकता दुख प्रजा का।

कि क्या होती है पोषिता कन्या
योषिता कुमारी?
कितना कठिन है उसका जीवन निर्वाह?
इसलिए पिता विदेह ने
तुम्हें स्वयंवरा बनाया
कि स्वयं वर
बल-बुद्धि-संयम शील युक्त वर।

पर रख दी शम्भुधनु भंजन की शर्त!

जनक सुता! तुमसे पहले
पिता ने अग्नि-परीक्षा दी थी।

कहती है मेरी पत्नी
अपनी अमूल्य धरोहर दाँव पर लगाकर भी
पिता निश्चिन्त होना चाहता है

एक लड़की का पिता होकर ही
जाना जा सकता है
बहुत कुछ कर सकने के सामर्थ्य
और कुछ न कर पाने की मज़बूरी को।

पूछती है मेरी बेटी
पापा! समय ने तुममें और जनक में
कोई फ़र्क़ किया है क्या?
और सोचता हूँ मैं
एक वन से दूसरे वन जाना ही
नियति है क्यों
आज भी हमारी बेटियों की!

भयसेना

हमारे भीतर एक स्त्री का भय है
घर से बाहर और घर में भी
न जाने कब
हमारी ज़िन्दगी नरक हो जाए।

हमारे भीतर एक बच्चे का भय है
घर-स्कूल कहीं भी
बिला वज़ह
गाल पर पड़ सकता है थप्पड़।

हमारे भीतर
तरह-तरह के भय बैठ रहे हैं
न जाने कब भूगर्भ जल खतम हो जाए
विषाक्त हो जाएँ सारी नदियाँ
न जाने कब फूट पड़े
ओजोन परत से ज्वालामुखी
समुद्र न जाने कब लील ले हमें।

हमें विरासत में मिला है
निजी सेनाओं और सामूहिक
नरसंहारों का भय

हमें भय है कि
अकेले कब मार दिए जाएँ।
हमारे भीतर छँटनी की मार झेल रहे
मजदूरों का भय है
भय है आत्महत्या के लिए मजबूर किसानों का
पापी पेट का भय हमें जीने नहीं देता
शरीर में कोठा-कोठा भागता है प्राण।

विश्व बैंक और विश्व बाजार की
बात छोड़िए
अब तो
विश्व का नाम सुनकर डर लगता है।

पहले त्रिविध तापों का भय
लोक-परलोक तक पीछा करता था
अब हमारा भय
त्रिलोकव्यापी बहुराष्ट्रीय हो गया है।

भयों की अट्‌ठारह अक्षौहिणी सेना
हमारे पीछे पड़ी है
इधर कुछ दिनों से
हमारा भगवान भी उनमें से एक हो गया है।

भूमंडलीकृत आषाढ़ का एक दिन

एक पपीहा वन–वन गाए
मन की जलन बुझाएँ कैसे ?

कच्चा कुआँ कबीरा का है
प्यासे जन की जाति न पूछो।
चातक ने कितने युग देखे
इस बरखा की बात न पूछो।

तन बैरी या घन बैरी हैं
हम यह बात बताएँ कैसे ?

कपटी दूत, प्रिया भी छलना
नहीं रही उज्जयिनी वैसी।
फिर हम बात कहाँ से लाएँ
कालिदास की कविता जैसी।

वनवासी भोले यक्षों को
शहरी गणित पढ़ाएँ कैसे ?

ब्रज डूबे, वृन्दावन सूखे
कंस नए चरवाह हो गए

टिहरी से केदारनाथ तक
शिव के नगर तबाह हो गए।

नवधनाढ्य ग्लोबल इन्द्रों से
धरती–गगन बचाएँ कैसे ?

शापमुक्त होने का कौन सा तरीका है?

मुझे गुस्सा आता है
अपने पिता, दादा, परदादा पर
कि वे इतने सीधे क्यों थे?
बाजुओं में बला की ताकत लेकर भी
वे बेचारे क्यों थे?

सोचते-सोचते सर्कस का रिंगमास्टर
मेरे जेहन में
आतंक की तरह छा जाता है
और मेरा गाँव, मेरा शहर
उसी आतंक में समा जाता है।

अप्रैल-मई महीने की
आँधी और बारिश से
सूख जाते हैं मेरे प्राण
हवा-बूँदाबाँदी के साथ
काँपने लगता है मेरा दिल
जबकि पूरा शहर निश्चिन्त होता है
घरों, पार्कों, रेस्तराँओं और सिनेमाघरों में।

तब मेरे भीतर
मेरे गाँव का खलिहान
आम का बागीचा
त्राहिमाम कर रहा होता है।

मुझे बेतरह उदास कर जाती है
गर्मी की शाम
जाड़े और वर्षा की शाम से
एकदम अलग
प्रेयसी की तरह आती है गाँव की याद।

शहर मुझे नहीं रिझा पाता
उचटा मन गाँव में
भाग-भाग जाता है
जहाँ मैं बीनता था
बचपन में आम के टीकोरे
ढोता था गेहूँ
तोपता था भूसा।

मनाया करता था कि
क्यों नहीं होती हैं सिर्फ़ उजली रातें
जिनमें होता है
रास्ता चलने का सुभीता
आँगन में साग-भात खाने का मजा।

गर्मी की शाम
किसान के घर राशि आने का मौसम
मेरी प्रेमिका, मेरा गाँव
मुझे घेर लेते हैं
इस समय मैं

पूरा का पूरा गाँव में होता हूँ
अपने आपको दादा–परदादा की तरह
बलवान पाता हूँ।

तभी सर्कस की माया में
नाचते हुए
देखता हूँ खतम हो गए बैल
समाप्त हो गईं गायें
लापता हो रही हैं भैंसें
गर्मी भर खेत धूँ–धूँ जलते हैं
गन्ना–गेहूँ–आलू–प्याज सब हो गए
किसान से बेगाने।

फँसाने के लिए पंडित–मुल्ला–महाज़न
नेता–अफसर सभी हैं
उजाड़ने के लिए हैं सुप्रीम कोर्ट से लेकर सरकार तक
बचाने के लिए कोई नहीं है।

और मैं?
क्यों हो गया है मेरा पौरुष अभिशापित?
शाप मुक्त होने का कौन सा तरीका है?
सोचते–सोचते सर्कस का रिंगमास्टर
मेरे भीतर आतंक की तरह छा जाता है।

मामा के गाँव का गोबर

श्रमशील जीवन, अभावों से अस्त-व्यस्त
हरी-हरी ककड़ी, फूट और खीरे
लाल-लाल टमाटर और
दूर-दूर तक फैली बंडा की खेती।

देर रात तक ढिबरी के प्रकाश में
होता रामायण
गुदरा बिछाए गाढ़ा ओढ़े
सुनते कुछ लोग
शाकाहारियों की भोली बस्ती
और उसके चारों ओर
जमींदार का डरावना आतंक।

यही था मेरे मामा का गाँव
जहाँ बीता मेरा बचपन।

खलिहानों और सीवानों में
खूब थे बरगद, पाकड़ और पीपल
जहाँ काम से थके, पसीने में डूबे
खट्टे-मीठे सपने सजाए
लोग छँहाते, इकट्ठा होते।

बुजुर्ग सुनाते अंग्रेज बहादुर की बातें
और जमींदार के किस्से
कि कैसे जमींदारी के टूटने के बाद भी
बस आज के थोड़े दिन पहले तक
उस काले भूत के पेशाब से दीया जलता था
अगर उसका घोड़ा
गाँव के अलग-बगल हिनहिनाता
लोगों के भीतर भय की
घंटियाँ बज उठतीं।

सावन का समहुत होते ही
गाँव के सारे हल पहले
जमींदार के खेत में जाते
उसके बाद ही लोग अपना लेव लगाते।

औरतें बतातीं कि कैसे
जमींदार के घर की शादियों में
घर-घर पीसने के लिए दिया जाता गेहूँ
पीसते हुए भूख से
पेट के घाव रीसने लगते
तो चार गाल कच्चा आटा ही
फाँक लेतीं पीसनहारियाँ
फिर डर से थर-थर काँपने लगतीं
कि तौल के समय कम न हो जाए आटा।

इसके साथ ही होती
गाँव के दही-दूध और
लड़ाके पट्ठों की बात, कि
किसका लाल कितना है होनहार।

आज देखता हूँ
वे सारे लाल उसी मिट्टी में खप गए
हर नौजवान जो वहाँ
लड़ने-पढ़ने और खेती करने में
आदर्श था
नहीं बन सका प्रोफेसर, डॉक्टर
इंजीनियर या धनी किसान
बस मामा के गाँव का गोबर हो गया।

पूछति ग्रामवधू सबसे

वे ही पीपल, पनघट, ग्राम
बोले 'पपिहा', 'पी' का नाम
घूँघट वाली सिसक रही है
खेत में धनिया अहक रही है
सन् बारह क्या सन् चौरासी
अपने को क्या मथुरा-काशी
ना जानूँ बेटू के बापू
इस किस्मत को क्या सन्तापूँ
शहर में कैसे रहते होंगे
जाने क्या-क्या सहते होंगे
मिल भी उनका बन्द पड़ा है
सेठों का कोई लफड़ा है
आँसू पीकर रहते होंगे
आँतों से क्या कहते होंगे
रेल है बैरी दुलहनिया की
ले आती सुधि नहीं पिया की
परदेशी कलकत्ता जाए
गाँव में कैसे सावन आए
वो ही देवर, वो ही सास
कौन बँधाए जी को आस

भूखा ही मुनुआ सो जाए
नया ज़माना आए-जाए
देह जली है, पेट जला है
अपना क्या कुछ भी बदला है?

पछाड़ दिया मेरे नास्तिक ने

(नागार्जुन से क्षमापूर्वक)

माँ के दरबार से उठता कोलाहल
वातावरण को पागल कर देने वाला है
जैसे सुख-शान्ति की आराधना में
त्रिभुवन में हाहाकार मचा हो।

कुछ लोग गालों में छेद कर रहे हैं
माँ को चढ़ा रहे हैं
काटकर अपनी जीभ
एक ने तो अपने छह माह के
बच्चे का गला रेत दिया।

कन्या भ्रूण हत्यायों के महारथी
इस देश में इन दिनों
कुमारी कन्यायों के प्रति
श्रद्धा उफान मार रही है
और लगातार आ रही हैं
खबरें मासूमों से बलात्कार की।

एक सप्ताह बीत गया
आज अष्टमी है

घर के ठीक सामने
हो रहा है आराधन।

कानफाड़ू आवाज़ में
पांडालों में बज रहे हैं
मातारानी के भजन
रोमेंटिक फिल्मी गीतों
और फूहड़ लोकगीतों की तर्ज पर।

पढ़ना-लिखना, बोलना-बतियाना
खाना-सोना सब मुहाल है
इस बेसुरी आवाज़ से
वही गीत बार-बार-हज़ार बार।

नहीं रहा गया तो एक दिन कहा
अरे भाई! कुछ देर के लिए
बन्द कर दो गाने
उतनी देर जप-पूजा कर लो।

जमा था ताश
चढ़ रही थी गाँजे की चिलम
एक भक्त नायक उठ खड़ा हुआ
अंकल जी! माइक का पैसा दिया है
कोई मुफ्त थोड़े बजा रहे हैं?
फिर बोला एक परिचित अलबेला
आप नास्तिक हैं क्या सर?
इतने लोग तो हैं
पर कोई विघ्न डालने नहीं आता?

तुम जलाते हो हर साल रावण

किसने धरती को कितना दिया है ?
दीप का स्नेह किसने पिया है ?
कैद है किसके घर में उजाला ?
देश किसने अँधेरा किया है ?

अपना कौशल दिखाते रहे हो
गाँव-बस्ती जलाते रहे हो।
आँख लाखों दफ़े छलछलाई
मिर्च फिर भी लगाते रहे हो।

रागिनी गुनगुनाती नहीं है
ज़िन्दगी मुस्कराती नहीं है
तुम जलाते हो हर साल रावण
पर धरा मुक्ति पाती नहीं है।

मत छूना, छूना मन

मैं तुम्हें छूना चाहता हूँ
जैसे तुम्हें
छूता है ठंडी हवा का झोंका
और हुलास से भर उठती हो तुम।

मैं तुम्हें छूना चाहता हूँ
जैसे तुम्हें
नहाते समय छूता है पानी
और नहाकर
तुम और सुन्दर हो जाती हो।

मैं तुम्हें छूना चाहता हूँ
जैसे भोर को छूती है सुनहली किरण
या जैसे तुम छूती हो अपने आपको
स्वयं पर मुग्ध होते हुए।

मैं नहीं चाहता छूना तुम्हें
जैसे तुम्हें छूता है बगलग़ीर
या रास्ते की धूल
जो तुमसे चिपक जाती है

उस अनजान की तरह भी नहीं
जो कुंडली मिलने पर
छूता है तुम्हें
और बना लेता है अपनी खेती।

बोलो मिट्ठू प्राण-प्राण

आओ कल्पना करें
करूँगा जब, मैं तुम्हें प्रेम
उस दिन यह धरती कैसी होगी?
उसी प्रकार जैसी कि है?
नहीं!
उस दिन कुछ हद तक
इसका नरक बनना रुक जाएगा।

आओ कल्पना करें
जब लुभाऊँगा मैं तुम्हें
तरह-तरह की बातें करके
तो कैसा लगेगा हमें
वैसा ही जैसा कि
प्रेम में पड़े दो लोगों को लगता है?
नहीं!
वह संसार की सबसे सुन्दर लफ़्फ़ाजी होगी।

आओ कल्पना करें
मैं जब चूमूँगा तुम्हें
तो कैसा लगेगा हमें?
वैसा ही जैसा कि दो स्त्री-पुरुष

एक दूसरे को चूमते हैं तो लगता है!
नहीं!
यह धरती पर
दो मनुष्यों का अद्वितीय चुम्बन होगा।

आओ कल्पना करें
जब मेरे प्राण मिलेंगे तुम्हारे प्राणों से
तो कैसा लगेगा हमें
नहीं!!
मैं नहीं जानता औरों की
पर मेरे तो प्राण ही निकल जाएँगे
तब तुम उसे बना लेना
अपने पिंजरे का सुग्गा
और कहना कि
अब बोलो मिट्ठू प्राण–प्राण।

आमीन

एक स्वप्न ही थीं तुम
नहीं तो कहाँ मैं
और कहाँ तुम!

मेरे सपने में तुम
भले न दिखो
पर जो सपने देखती हो तुम
वे पूरे हों
आमीन!

ईद के चाँद के जैसा
मुश्किल है तुम्हारा दिखना
पर रोज़-रोज़ जैसे
बढ़ता है दूज का चन्दा
वैसी ही बढ़ती जाओ।
आमीन!!

छिपो मत! भले न दिखो
जलो मत! भले न मिलो
अपना दीपक स्वयं बनो
आमीन! आमीन!! आमीन!!!

मिलें न उससे किसी रोज़ तो

सुक़ून दिन का, जो रातों की नींद ले जाए,
ऐसे बेदर्द को, हमदर्द क्यों कहा जाए।

मिलें न उससे किसी रोज़ तो ये लगता है,
कि चार दिन की, ज़िन्दगी का क्या किया जाए।

हुस्न ऐसा कि जैसे चाँदनी की बारिश हो,
कोई जो पास से गुजरे तो बस नहा जाए।

हमसे पूछा है भला इतने मेहरबाँ क्यों हैं,
इतना नादां तो नहीं है वो क्या कहा जाए।

लगी है आग जो इस दम नदी के पानी में,
नहाने वाले से ये किस तरह कहा जाए।

सड़क किनारे शयनकक्ष

(कवि मित्र विजय अग्रवाल के लिए)

शयनकक्ष के पास सड़क
इस बात का प्रतीक हो सकती है कि
एक दिन जाना है अनन्त यात्रा पर।

फिर भी ज़िन्दगी फुटपाथ पर नींद नहीं है।

ज़िन्दगी की रफ़्तार से रुककर
एक जगह होनी चाहिए
सपने देखने की।

जब जाना होगा
तब जाना होगा
अनन्त यात्रा पर
अभी तो कुछ देर
सोना चाहता हूँ
और सड़क है कि हार्न बजाती
रहती है हर समय।

सड़क के पास होते हैं जिनके शयनकक्ष
वे ही जानते हैं

कितना गुर्राते हैं ट्रक
कि लौंडे हवाई जहाज से तेज़
चलाते हैं मोटर साइकिल
घर जाने की जल्दबाजी
सवारियों को ही नहीं
बस ड्राइवर को भी होती है।

सड़क किनारे होते हैं जिनके घर
वे जानते हैं
दर्शन बघारने से ज़िन्दगी नहीं चलती।

कमाल है!! कहा कंवल भारती ने

उनसे स्वीकृति की भीख क्यों माँगें?

उन्होंने पाँच सौ सालों तक
कबीर को कवि नहीं माना
आपको कवि होना था
तो जन्मना था उनके कुल में।

हम सबसे आदरपूर्वक
पढ़ते हैं उनकी पोथियाँ
पर सबसे अधिक घृणा
वे हमारे ख़िलाफ़ ही बाँचते हैं।

हम सबसे अधिक झुककर
करते हैं उन्हें सलाम
पर उनके मन में सबसे अधिक
विद्वेष है हमारे प्रति।

युगों से हम उन्हें
देवता की तरह पूजते हैं
पर वे आज तक हमें
आदमी नहीं मानते।

हमारे ख़िलाफ़ जब उन्हें
कुछ भी नहीं मिलता तो वे
हमारी जाति पर अँगुली उठाते हैं
और फ़ौरन
अपनी जाति पर उतर आते हैं।

भाईचारे से शत्रुता है उनकी
उन्हें सिर्फ़ अनुचर चाहिए
उन्हें न बड़ा भाई पसन्द है
न छोटा भाई।

अपनी बात दृढ़तापूर्वक रखने वालों को
वे राक्षस घोषित कर देते हैं
इस मामले में वे अपने
मौसेरे भाइयों को भी नहीं बख़्शते।

उनके लिए दुश्मन पक्ष का
गद्‌दार भी कुलभूषण है
शरणागत चराचर द्रोही को
घोषित करते हैं परम साधु।

जिसका सपरिवार वध करते हैं
उस पर एहसान लादते हैं
कि हमने तुम्हें अपना रूप
और धाम प्रदान किया
तार दिया तुम्हें सपरिवार।

उन्होंने दान की महिमा से भर दिए पुराण
कमाओ तुम और दो उनको कन्या हो या पर्ण।

गाय के नाम पर दे दे बाबा
गंगा के नाम पर दे दे बाबा

आग के नाम पर दे दे बाबा
नाग के नाम पर दे दे बाबा।

भिखारियो मुझे क्षमा करना
वे तुमसे बड़े भिक्षुक हैं
तुम्हें जूता साफ करने के लिए भी
नहीं बिठाएँगे अपने साथ।

ईश्वर को कौन बनाएगा?

(मकबूल फ़िदा हुसैन के लिए)

जो चित्त पर चढ़ जाती है
और उतारने पर भी नहीं उतरती
उसे ही कविता में उतारता है कवि
चित्र में चित्रकार।

बात परिहास से शुरू हुई थी
'किसी लड़की में तुम लड़के
सबसे पहले क्या देखते हो?'
तमतमाकर लड़की ने पूछा—
'ये तो डिपेंड करता है इस पर
कि लड़की आ रही है या जा रही है।'
और लड़की को बरबस हँसी आ गई।

मनु ने शतरूपा में, आदम ने हौव्वा में
एडम ने इव में क्या देखा होगा?
बात गम्भीर स्त्री विमर्श में बदल गई
किसी ने किसी को तमाचा नहीं मारा
नहीं किया बहस से बहिष्कृत।

और तुम किसी को इस बात पर
देश छोड़ने के लिए मजबूर कर देते हो
कि वह अपनी कला में
एक पुरातन नारी को कैसे देखता है?
पुरुष पुरातन की वधू को
चंचला कहने पर
तुम रहीम के साथ भी यही करोगे?
तुम भूल जाओगे रसखान को
जो कृष्ण की मुरली और कामरिया पर
तीन लोकों का राज तुच्छ समझते हैं।

जयदेव, विद्यापति और सूर की राधा के
चित्र मिटा दोगे तुम?
वृन्दावन को जला दोगे
कि वहाँ एक बार कृष्ण के मन
में जगी लालसा गोपियों को निर्वसन देखने की
सरस्वती और ब्रह्मा की कथा क्या करोगे?
और सारे पुराणों का?

तुम उनके ख़िलाफ़ क्यों नहीं बोलते
जो सरस्वती का निर्लज्ज व्यापार कर रहे हैं
दरअसल
वे निर्वसन कर रहे हैं सरस्वती को।

गेरुआ रंग मुझे बहुत भाता है
मेरे साथी इससे बिदकते हैं
लाल रंग मुझे बहुत प्यारा है, पर
कुछ लोग इससे साँड़ की तरह भड़कते हैं
हरा रंग देखकर कुछ लोगों के मन में
खटास भर जाती है

अब सफेद रंग को ही लें
उसने किसी का क्या बिगाड़ा है कि
उसे जला दिया जाए।
दरअसल कोई भी रंग
जलाने के लिए नहीं होता
जैसे मैं लगाता हूँ अपनी प्रिया के पाँवों में महावर
हुसैन भी सँवारते हैं रंग और ब्रश से प्रिया के कपोल।

ये गुत्थी हमने नहीं
हजरत आदम ने उलझाई थी
जिसे गजगामिनी के पीछे सुलझाने में लगे थे, हुसैन।

कितनी बार देखा है ख़ुद को मैंने
किसी रंग के पीछे
दीवानगी की हद तक भागते हुए
ऐसा नहीं कि उस पर
कभी दूजा रंग चढ़ा नहीं
पर पहले वाले रंग की अपनी जगह थी।

ऐसा ही है आदमी
सारे रंग आदमी के हैं
इनमें से एक रंग भी हटा दें
तो इन्द्रधनुष नहीं बनेगा
बेरंग हो जाएगा फागुन।

हम इन्द्रधनुष के कारीगर हैं
हम फागुन के कारीगर हैं
हम सरस्वती के कारीगर हैं
हम दुर्गा के कारीगर हैं।

दुर्गा बनाने के लिए
क्यों मिलाते हैं गणिका के आँगन से मिट्टी ?
पतिता से पतितपावनी का
नगर वधू से नवदुर्गा का कौन सा रिश्ता है ?
यह पूछने पर
तुम कारीगर पर भाला चलाओगे ?

ये कलम-कूँची-छेनी-हथौड़ी वाले कारीगर
ही बनाते हैं ईश्वर
कारीगर नहीं होंगे तो
ईश्वर को कौन बनाएगा ?

एक बात पूछूँ तुमसे
हम ईश्वर को बनाना छोड़ दें ?

यह वही ईश्वर है
जो तुम्हें मालपुआ खिलाता है
तुम्हारे गर्भगृहों को सोने से भर देता है
और हम उसके द्वार पर अछूत और अकिंचन
बनकर खड़े रहते हैं।

हुसैन बाबा

जानवर क्या सोचते हैं अपनों से बिछुड़कर
एक को खोकर दूसरा पक्षी क्या सोचता है
मेरी मृत्यु पर क्या सोचते होंगे मेरे घोड़े?

प्रिय का वियोग
मृत्युबोध से अधिक दुखदायी है
ऐसे समय आदमी के
मुँह से फूट सकती है कविता
आ सकता है क्रोध
वह शाप दे सकता है
जाओ!
तुम्हारा सपना इस देश में
कभी पूरा न हो।

मेरे रंग बहुत मनभावन थे
देश में ही पाया था उन्हें
मेरी पूजा और प्यार थे वे।

हिन्दुस्तान छोड़ते हुए
पता चला इतने प्यारे देश में
जहाँ देवतात्मा हिमालय का वास था

उतना ही बड़ा संत्रास था
घृणा से बजबजाती हवा में सर्वत्र फैले थे
लेकिन, किन्तु, परन्तु, फिर भी
जहाँ-जहाँ गया वहीं मिले बज्रकपाट
जिनके बन्द होने की कर्कश आवाज़
शेषशायी विष्णु को भी विचलित कर देती थी।

मैं जिससे-जिससे करता था प्रेम
मरने से पहले एक बार
उनसे मिलने का बहुत था मन
पर सब कुछ मन में ही रह गया।

इस दुनिया में कैसे आए
और कब जाना था, पता नहीं था
पर एक साथ सृष्टि और विनाश
अमृत और विष का स्वाद इस यात्रा में पाया
महायात्रा में तो
माटी मिली देश वीराना की मिट्टी में।

धरती पर जन्म ही प्रेम के कारण हुआ था
जो यात्राएँ सिर्फ़ यात्राएँ थीं
वहाँ भी मन खोजता रहा प्रेम
सजदों में भी दिल सनम आशना रहा मेरे देश!
तेरे दयार में घूमता रहा नंगे पैर।

यहाँ पानी पीते हुए
अक्सर याद आती रहीं गंगा-यमुना
कतर की चौड़ी सड़कों पर
इन्दौर ने कितनी बार रुलाया
रंगों में याद आते वृन्दावन-मधुवन

बार-बार खिंचता था, दिल्ली, मुम्बई और
बनारस की गलियों का रोमांच।

उछल-कूदकर अपने आप
खूँटे से बँध गया कस्तूरी मृग
इन मजबूरियों में मौत भी थी
अलविदा मेरे देश
सलाम मेरे वतन।

खजुराहो निहितोपदेश

बैरगिया नाला जुलुम जोर
नौ कथक नचावें तीन चोर
जब तबला बाजे धिन्न-धिन्न
तब एक-एक पर तीन-तीन

गुरुजी! कैसी अकथ कहानी?
गुरुजी इसका भेद बताओ

बच्चा! यह सच है कि यह दुनिया
आनी-जानी है
पर यहाँ जो भी है
दूध का दूध और पानी का पानी है।

समझो इसे ठीक से
जिसने वासना को खुलकर जिया नहीं
उसकी कल्पना भ्रष्ट हो जाती है
कि काम का कोई भी विकल्प
काम से अधिक विरूप है।

तुमने नहीं पढ़ा शंकराचार्य का भाष्य!
मनुष्य की देह महज़ मुट्ठी भर राख नहीं
आनन्द मठ है
उसके आसपास

जहाँ होती हैं हीरे की ख़दानें
वहाँ पत्थर को मोम बनाया जा सकता है।
सत्य जितना सुन्दर है
शिव जितना सुन्दर है
उससे बढ़कर
सिर्फ़ कला में दिखाया जा सकता है।

आत्मा के अभिषेक और सच के स्वीकार से
बढ़कर कोई नैतिक आचरण नहीं होता
अपने को सुखी करना
मनुष्य की चिरन्तन चाह है
साम्प्रयोग में समाधि ऐसे नहीं लगती
शर्त यह है कि दोनों योगी हों।

सौन्दर्य काम को उद्दीप्त करता है
उद्दीप्त काम को सौन्दर्य की प्रतीति होती है
वही गढ़ सकता है काठ-काग़ज़ या पत्थर पर भी जीवन।

धरती पर अकेला है खजुराहो
उसे खोजना हो तो
अपने भीतर खोजना
तब देख सकोगे अपनी आत्मा की महावासना का
विलक्षण सौन्दर्य।

भला
सुरत के समय कौन देख पाता है
तनाव और कसाव की इन्तिहा पर पहुँचे
अपने ही अंगों का आकुल सौन्दर्य।

सितारों से आगे जाती है
स्पर्श सुख की पराकाष्ठा
उसे दबाने में जीवन की लाली चली जाती है।

खजुराहो में केलि

वक्ष, कटि, नितम्ब के
लोच, लय, उभार
उल्लास एवं अतिरेक के
आवेश भरे सीत्कार से
रोम-रोम में होता है हर्ष का उद्रेक
और कमल पुष्प के समान
खिल उठता है नायिका का मनोज-मन्दिर।

दंतक्षत, नखक्षत आदि प्रहारों से विद्ध
चंडवेग महाप्राण नायक का शरीर
नित्य अमृत प्रवाह से बनता है ज्योतिर्लिंग।

जीवन की जलती रेत पर चलते हुए
सिर पर रखा दुख का भारी पत्थर
कमर से ठेलता है आदमी।

साधुबाबा को बिल्लैया मटकी मारती है।

वैराग्य का महानद
नौ रसों की पवन चक्की और
सत-रज-तम का ऋतुचक्र भेदकर

आकाश–पाताल–धरती फोड़
निकलता है प्रेम का अंकुर
और रमैया की दुल्हन बाज़ार लूट ले जाती है।

मुख से वक्ष और
नयनाभिराम नाभि के नीचे
मंत्रविद्ध प्राण–ऊर्जा प्रार्थना करती है प्रचोदयात् की
कि उठें शिखर से हम
विचरें उदधि के अतल तल में
प्राणों को पुकारती है चिद्‌विलासिनी आत्मा
आओ मैं तार दूँ तुम्हें एक ही अंकवार में।

मैं न तांत्रिक, न भुवनमोहिनी अतिरूपा
मैं एक मानवी
तुम्हें कितना सुख दूँ कि
तुम परमहंस हो जाओ
आओ तुम्हारे रोमकूपों को ऐसा पुरूँ
कि तुम्हारी समाधि लग जाए
और मोक्ष तो तुम्हारे हाथ में है
'मदकल मदिराक्षी नीविमोक्षो हि मोक्षः।'

नए साल की सुबह

(रमाकांत श्रीवास्तव के लिए)

अगर सिर्फ़ शुभकामनाओं से
मिल जाता मनचाहा
तो हर आदमी के पास होती
एक ख़ूबसूरत दुनिया।

आज नए साल की सुबह
मन नहीं किया कि शुभकामनाएँ दूँ
उन तमाम लोगों को
यानी कहूँ उनसे कि आप
इस साल और सफलतापूर्वक करें
वही सब वाहियात
जो करते रहे पिछले साल।

जबकि देश को दुहने की होड़
लगी है कसाइयों में
जिबह करने की युगलबंदी
गा रहे हैं पक्ष-विपक्ष।

स्तब्ध हूँ मैं
इस बात से कि
अपनी बेचैनी की लाज बचाने के
लिए भी
मेरे पास रास्ता नहीं है।

उम्र की दीमक

(कमला प्रसाद जी की स्मृति में)

संग्रह और त्याग का विवेक
आज तक नहीं आया
समेटकर रख ही लेता हूँ
पत्र-पत्रिकाएँ
जानी-सुनी-मिली किताबें
और फेंकता हूँ
हर होली-दीवाली
सफाई के समय
दीमक खाई।

इनमें बहुत सारी तो ऐसी होती हैं
जिन्हें ठीक से पढ़ा भी नहीं
किसी दिन स्थिर चित्त पढ़ूँगा इन्हें
पर जिस दिन दीमक खाई किताबें
फेंकता हूँ, लगता है
पल में प्रलय हो गई।

ऐसा मलाल, ऐसा अफसोस तो
ज़ेब कट जाने पर भी नहीं होता
टूट जाए कीमती क्राकरी
तो भी नहीं।

हज़ार चीज़ें सोचकर रखी हैं ऐसे
कि मिलते ही अवकाश
करूँगा प्रेम, यात्रा, लेखन या अध्ययन
उन लोगों से मिलने जाऊँगा
जो अपने हैं
पर मुझसे मिलने आने के लिए
किराया नहीं है उनके पास।

सोचते-सोचते, करते-करते ही प्लान
जीवन की आधी सदी हो गई पार
उम्र की दीमक चट कर रही देह
और एक दिन अचानक
जब पता चलेगा
हो गई मिट्टी कंचन-काया
आएँगे वे लोग इसे उठाने
जिनके लिए मैं सोचता ही रह गया
किया कुछ भी नहीं।

मेरे घर में रहना है जिन्हें
वे सोचेंगे किस आदमी या पुस्तकालय को
देकर किताबें छुट्टी पाएँ
हर साल लगने वाली दीमक से।

उदासी के ख़िलाफ़ उदास लड़की

नैहर से सासुर तक
सावन से फागुन तक
गीतों से गारी तक
चुन्नी से सारी तक
रंगों को एकजुट करती है लड़की
उदासी के विरुद्ध।

हाथों में, होंठों पर
पाँवों में, माथे पर
रंगों को आज़माती
उछालती
साधती है लड़की।

चुप-चुप भी अगर
साल-महीने-दिन
भीतर अँखुआते हैं
रंगों नहा जाती है लड़की।

उदासी से नहाकर भी
नहीं जानती उदासी का रंग
उदासी के ख़िलाफ़
उदास हो जाती है लड़की।

यह पृथ्वी बच्चों के लिए है

(बेटे उत्कल के लिए)

निर्विकल्प है अपने बेटे के साथ खेलने का सुख

आज जबकि है मेरे पास
एक छोटा सा लाल
गिना मैंने
छह वर्ष का हुआ मेरा उत्कल।

मैंने आशीषा बिल्लियों को
वे दुलारती रहें अपने बच्चे
जब तक रहे पृथ्वी
वन में उछलते-कूदते रहें मृग छौने।

बच्चा जब माँगता है टॉफी
करता है ज़िद
आशीषा मैंने दुनिया के सारे बच्चे
अपने मम्मी-पापा से माँगते रहें चाँद-सूरज
जब तक है ब्रह्मांड
भूमि पर लोटते रहें बच्चे।

किसी बालक का मुँह चूमकर
कोई भी जान सकता है

असली माखन तो चुराया था नन्द ने।
जब कहता है छह वर्ष का बच्चा
पापा! मेरी शादी कर दीजिए
आशीषा मैंने दुनिया भर के कवियों को
वे लिखते रहें प्रेम कविताएँ
धरती के लिए
क्योंकि यह पृथ्वी बच्चों के लिए है।

एक लड़की ही थी

(कथादेश के सम्पादक दोस्त हरिनारायण के लिए)

बोल क्या तूने उदासी से सगाई की है
जिस्म से, जान से, दुनिया से लड़ाई की है
ऐ मेरे दिल! कहीं जीता है कोई ऐसे भी
एक लड़की ही थी, दुनिया ही समूची तो न थी।

माँगने से भी, कहीं मौत मिला करती है
उसे भी चाहो तो पल भर में बदल जाती है
ज़िन्दगी की तरह, क़ज़ा सगी नहीं होती
जाने कब आएगी, रूठे पिया की पाती है।

किसी को चाहने की हद है, मौत से मिलना
किसी के रूप का हासिल है, ये तिल-तिल जलना
कि उसकी आरज़ू में फूल-चाँद-तारे हैं
पर कोई फ़र्द कायनात नहीं हो सकता
एक लड़की ही थी दुनिया ही समूची तो न थी।

हर मयक़दे में सुकूँ की तलाश, क्या मानी!
ख़ुशी के वास्ते ही हर शराब होती है

ग़मों के दौर में पीना भी कोई पीना है
ख़ामख़ा और भी हालत ख़राब होती है।

सुबह की मस्तियों से, यूँ खिंचा-खिंचा रहना
हरेक शाम तेरा यूँ, बुझा-बुझा रहना
रिन्द को प्यास ही ज़िन्दा बनाए रहती है
ऐसी दौलत भी कहीं यूँ गँवाई जाती है
एक लड़की ही थी, दुनिया ही समूची तो न थी।

दर्द उठता है सुबह-शाम, कि न पूछ ऐ दिल!
न चाहकर भी तेरी आँख भर ही आती है
जिसने जाना ही नहीं मर गए कि ज़िन्दा हो
उसके अब दिल है कहाँ? काठ की ही छाती है।

ढूँढ़ते हो जिसे इस तरह कहाँ पाओगे?
'इस घड़ी ऐ दिले आवारा कहाँ जाओगे?'
अभी गलियों में एक शख़्स फिरा करता है
जिसकी शोहरत न किसी से बताई जाती है
एक लड़की ही थी दुनिया ही समूची तो न थी
बेहया लोगों की ख़ातिर ही बनी है दुनिया
दिल वालों के लिए तो बड़ी हरजाई है।

उजाले में आजानुबाहु

(अपने मित्र दिलीप मंडल के लिए)

बड़प्पन का ओछापन सँभालते बड़बोले
अपने मुँह से निकली हर बात के लिए
अपने आप को शाबाशी देते हैं
जैसे दुनिया की सारी महानताएँ
उनकी टाँग के नीचे से निकली हों
कुनबे के काया-कल्प में लगे बड़बोले
विश्व कल्याण से छोटी बात नहीं बोलते।

वे करते हैं
अपनी शर्तों पर
अपनी पसन्द के नायक की घोषणा
अपनी विज्ञापित कसौटी के तिलिस्म से
रचते हैं अपनी स्मृतियाँ और
वर्तमान की निन्दा करते हुए पुराण।

लोग सुनते हैं उन्हें
अचरज और अचम्भे से मुँह बाए
हमेशा अपनी ही पीठ बार-बार ठोंकने से
वे आजानुबाहु हो गए।

उन्होंने ही कहा था तुलसीदास से
ये क्या ऊल-जलूल लिखते रहते हो
रामायण जैसा कुछ लिखो
जिससे अपने लोगों का भला हो।

गाँव की पंचायत में
देश की पंचायत के किस्से सुनाते
देशकाल से परे बड़बोले
बहुत दूर की कौड़ी ले आते हैं।

सरदार पटेल होते तो इस बात पर
हमसे ज़रूर राय लेते
जैसा कि वे हमेशा किया करते थे
अरे छोड़ो यार!
नेहरू को कुछ आता-जाता था
सिवा कोट में गुलाब खोंसने के
तुम तो थे न
जब इन्दिरा गांधी ने हमें
पहचानने से इनकार कर दिया
हम बोले-हमारे सामने
तुम फ्रॉक पहनकर घूमती थीं इन्दू!
लेकिन मानना पड़ेगा भाई
इसके बाद जब भी मिली इन्दिरा
पाँव छूकर ही प्रणाम किया।

'मैं' उनके लिए नहीं बना
वे 'हम' हैं
हम होते तो इस बात के लिए
कुर्सी को लात मार देते
जैसे हमने ठाकुर प्रबल प्रताप सिंह को

दो लात लगाकर सिखाया था
रायफल चलाना।

झाँसी की रानी पहले बहुत डरपोक थी
हमारी नानी की दादी ने सिखाया था
लक्ष्मीबाई को दोनों हाथों तलवार चलाना।

एक बार जब बिहार में
भयानक सूखा पड़ा था
हमारे बाबा गए थे बादल खोदने
अपना सबसे बड़ा बाँस लेकर।

हर काल–जाति और पेशे में
होते थे बड़बोले
पर लोगों ने इससे पहले कभी नहीं सुना था
इस प्रकार बड़बोलों का कलरव।

वे कभी लोगों की लाशों पर
राजधर्म की बहस करते हैं—
शुक्र मनाइए कि हम हैं
नहीं तो अब तक
देश के सारे हिन्दू हो गए होते
उग्रवादी
तो कुछ बड़बोले
नौजवानों को अल्लाह की राह में लगा रहे हैं।

कुछ बड़बोलों के लिए
आदमी हरित शिकार है
कमांडो और सशस्त्र पुलिस बल से
घिरे बड़बोले कहते हैं

हम अपनी जान हथेली पर लेकर आए हैं।

कभी वे अभिनेत्री के
गाल की तरह सड़क बनाते हैं
कभी कहते हैं सड़क के गड्ढे में
इंजीनियर को गाड़ देंगे।
कभी कहते हैं
रियायती दर की हवाई यात्रा
ढोर-डाँगरों के लिए है।

जहाँ देश के करोड़ों बच्चे
भूखे पेट सोते हैं
कहते हैं बड़बोले
कोई भी खा सकता है एक समय फाइव-स्टार में
मात्र पाँच हज़ार की छोटी सी रकम में।

अपनी सबसे ऊँची आवाज़ में
कहते हैं वे
स्वयं बहुत बड़ा भ्रष्ट आदमी है यह
श्री किशन भाई बाबू राव अन्ना हजारे

इरोम चानू शर्मिला से अनभिज्ञ
देश की सबसे बड़ी पंचायत में
कहते हैं बड़बोले—
एक बूढ़ा आदमी कैसे रह सकता है
इतने दिन बिना कुछ खाये-पिये
और वे भले मानुष
ब्रह्मचर्य को अनशन की ताकत बताते हैं।

यहाँ किसिम-किसिम के बड़बोले हैं
कोई कहता है—इनके एजेंडे में कहाँ हैं

आदिवासी-दलित-पिछड़े और गरीब लोग
ये बीसी-बीसी (भ्रष्टाचार-भ्रष्टाचार) करें
हम इस बहाने 'ओबीसी' को ठिकाने लगा देंगे।

कोई कहता है
किसी को चिन्ता है
टेंट में पड़े रामलला की
इस संवेदनशील मुद्दे पर
धूल नहीं डालने देंगे हम
अभी तो केवल झाँकी है
मथुरा काशी बाक़ी है।

देवता तो देवता हैं
देवियाँ भी कम नहीं हैं
कहती हैं बस! बहुत हो चुका!!
भ्रष्टाचार विरोधी सारे आन्दोलन
देश की प्रगति में बाधा हैं
पीएम की खीझ जायज़ है
या तो पर्यावरण बचा लो
या निवेश करा लो
छबीली मुस्कान, दबी ज़बान में
कहती हैं वे
सचमुच बहुत भौंकते हैं
ये पर्यावरण के पिल्ले।

नहीं जानतीं वे कि उन जैसी हज़ारों
स्वप्न-सुन्दरियों की कंचन-काया
मिट्टी हो जाएगी तब भी
बची रहेंगी मेधा पाटकर, अरुणा राय और
अरुंधती, चिर युवा-चिरन्तन सुन्दर।

सचमुच एक ही जाति और जमात के लोग
अलग-अलग समूहों में
इस तरह रेंकते
इससे पहले कभी नहीं सुने गए।

बड़बोले कभी नहीं बोलते
भूख खतरनाक है
खतरनाक है लोगों में बढ़ रहा गुस्सा
गरीब आदमी तकलीफ़ में है
बड़बोले कभी नहीं बोलते
वे कहते हैं
फिकर नॉट
बत्तीस रुपए रोज़ में
ज़िन्दगी का मजा ले सकते हो।

बड़बोले यह नहीं बोलते कि
विदर्भ के किसान कर रहे हैं आत्महत्या
काला हाँडी के किसान कह रहे हैं
ले जाओ हमारे बेटे-बेटियों को
और इनका चाहे जैसा करो इस्तेमाल
हमारे पास न जीने के साधन हैं
न जीने की इच्छा।

बड़बोले देश बचाने में लगे हैं।

बड़बोले यह नहीं बोलते कि
अगर इस देश को बचाना है
तो उन बातों को भी बताना होगा
जिन पर कभी बात नहीं की गई
जैसे मुट्ठी भर आक्रमणकारियों से
कैसे हारता रहा है ये

तैंतीस करोड़ देवी–देवताओं का देश?
तब कहाँ थी गीता?
हर दुर्भाग्य को 'राम रचि राखा' किसने प्रचारित किया!
लोगों में क्यों डाली गई भाग्य–भरोसे जीने की आदत?

पहले की तरह सीधे–सरल–भोले
नहीं रहे बड़बोले
अब वे आशीर्वादीलाल की मुद्रा में
एक ही साथ
वॉलमार्ट और अन्डरवर्ल्ड की
आरती गाते हैं
तुम्हीं गजानन! तुम्हीं षड़ानन!
हे चतुरानन! हे पंचानन!
अनन्तआनन! सहस्त्रबाहो!!

अब उनके सपने सुनकर
हत्यारों की रूह काँप जाती है
उनकी टेढ़ी नज़र से
मिमिआने लगता है
बड़े से बड़ा माफिया
थिंकटैंक बने सारे कलमघसीट
उनके रहम–ओ–करम पर ज़िन्दा हैं।

पृथ्वी उनके लिए बहुत छोटा ग्रह है
आप सम्पूर्ण ब्रह्मांड उनके मुँह में
देख सकते हैं
ऐसे लोगों को देखकर ही बना होगा
समुद्र पी जाने और सूर्य को
लील लेने का मिथक।

बड़बोले पृथ्वी पर
मनुष्य की अनयतम उपलब्धियों के
अन्त की घोषणा कर चुके हैं
और अन्त में बची है पृथ्वी
उनकी जठराग्नि से जल-जंगल-ज़मीन
ख़तरे में हैं
ख़तरे में हैं पशु-पक्षी-पहाड़
नदियाँ-समुद्र-हवा ख़तरे में हैं।

पृथ्वी को गाय की तरह दुहते-दुहते
अब वे धरती का एक-एक रोआँ
नोचने पर तुले हैं
हमारे समय के कॉरपोरेटी कंस
कोई सम्भावना छोड़ना नहीं चाहते
भविष्य की पीढ़ियों के लिए
अतिश्योक्ति के कमाल भरे
बड़बोले इनके साथ हैं।

बड़बोलों ने रच दिया है
भयादोहन का भयावह संसार
और बैठा दिए हैं हर तरफ़
अपने रक्तबीज क्षत्रप।

तमाम प्रजातियों के बड़बोले
एक होकर लोगों को डरा रहे हैं
इस्तेमाल की चीज़ों के नाम पर
वैज्ञानिकों की गवाही करा रहे हैं
ब्लेड, निरोध, सिरींज तो छोड़िए
वे लोगों को नमक का
नाम लेकर डरा रहे हैं।

अब हँसने की चीज़ नहीं रहा
चमड़े का सिक्का
उन्होंने प्लास्टिक को बना दिया
'मनी' और 'पारसमणि'
छुआ भर दीजिए सोना हाज़िर।

बड़बोले ग्लोबल धनकुबेरों का आह्वान
देवाधिदेव की तरह कर रहे हैं
'कस्मै देवाय हविषा विधेम'
पधारने की कृपा करें देवता!
अतिथि देवो भव!!
मुख्य अतिथि महादेवो भव!!!

बड़बोले आचार्य बनकर बोल रहे हैं
जगती वणिक वृत्ति है
पैसा हाथ का मैल
हम संसार को हथेली पर रखे
आँवले की तरह देखते हैं
'वसुधैव कुटुम्बकम्' तो
हमारे यहाँ पहले से ही था।

भूख-गरीबी और भ्रष्टाचार के
भूमंडलीकरण के पुरोहित
बने बड़बोले सोचते हैं
वर मरे या कन्या
हमें तो दक्षिणा से काम।

बड़बोले भगवा, कासक, जुब्बा
पहनकर बोल रहे हैं
पहनकर बोल रहे हैं

चोंगा-एप्रिन और काला कोट
बड़बोले खद्दर पहनकर
दहाड़ रहे हैं।

पर आश्चर्य!!
कश्मीर से लेकर कन्याकुमारी तक
कोई असरदार चीख नहीं
'सब चुप्प'
जिन्होंने कोशिश की उन्हें
वन-कन्दरा-पहाड़ की गुफाओं में
खदेड़ दिया गया
गाड़ दिया गया 'अँधेरे में'।

बड़बोले ग्रेट मोटीवेटर बनकर
सकारात्मक सोच का व्यापार कर रहे हैं
और कराहने तक को
बता रहे हैं नकारात्मक सोच का परिणाम।

बड़बोले प्रेम-दिवस का विरोध
और घृणा-दिवस का प्रचार कर रहे हैं
वे भाई बनकर बोल रहे हैं
वे बापू बनकर बोल रहे हैं
वे बाबा बनकर बोल रहे हैं।

बड़बोले अब पहले की तरह फेंकते नहीं
बाक़ायदा बोलने की तनख़्वाह या
एनजीओ का अनुदान लेते हुए
अखबारों में बोलते हैं
बोलते हैं चैनलों पर
एंकरों की आवाज़ में बोलते हैं।

बाज़ार के दत्तक पुत्र बने बड़बोले
बड़े व्यवसायियों में लिखा रहे हैं अपना नाम
और येन-केन-प्रकारेण
बड़े व्यवसायियों को कर रहे हैं
अपनी बिरादरी में शामिल।

शताब्दी के महानायक बने बड़बोले
विग लगाकर तेल बेच रहे हैं
बेच रहे हैं भारत की धरती का पानी
बड़बोले हवा बेचने की तैयारी में हैं।

हम कहाँ जाएँ? क्या करें?
जल सत्याग्रह! या नमक सत्याग्रह!
गांधीवाद या माओवाद!
एक बूँद गंगा जल पीकर
बोलो जनता की औलाद?

बड़बोले अब मदारी की भाषा नहीं
मजमेबाजों की दुराशा पर ज़िन्दा हैं
कि आज भी असर करता है
लोगों पर उनका जादू
बड़बोले ख़ुश हैं
हम ख़ुश हुआ कि तर्ज पर
कि उन्होंने लोगों को
ताली बजाने वालों की
टोली में बदल दिया।

बड़बोले अर्थशास्त्र, इतिहास
शिक्षा-संस्कृति और सभ्यता पर
बोल रहे हैं, बोल रहे हैं

साहित्य–कला और संगीत पर
सेठों और सरकारी अफसरों के रसोइये बड़बोले
कवियों की कामनाओं और
कामिनियों के कवित्व का
आखेट कर रहे हैं।

बड़बोले समझते हैं
जिसकी पोथी पर बोलेंगे
वही बड़ा हो जाएगा
सारे लखटकिया और लेंड़ू
पुरस्कारों के निर्णायक वही हैं।

बड़बोले किसी के सगे नहीं हैं
वे जिस पौधे को लगाते हैं
कुछ दिनों बाद एक बार
उसे उखाड़कर देख लेते हैं
कहीं जड़ तो नहीं पकड़ रहा।

अगर आप उनके दोस्त बन गए
तो वे आपको जूता बना लेंगे
पहनकर जाएँगे हर जगह
मन्दिर–मस्जिद–शौचालय
और दुश्मन बन गए
तो आप
उनकी नीचता की कल्पना नहीं कर सकते।

वे चुप रहकर कुछ भी नहीं करते
सिवाय अपनी दुरभिसन्धियों के
खाने–पचाने की कला में निपुण बड़बोले
अब अपने बेटे–दामाद–भाई–भतीजों को

बना रहे हैं भोग कुशल–बेहया।

शीर्षक से उपर्युक्त बने बड़बोलों को
अब किसी बात का मलाल नहीं होता।

उन्हें इस कदर निडर और लज्जाहीन
अहलकारों ने बनाया या उस्तादों ने
उन्हें आदत ने मारा या अहंकार ने
कहा नहीं जा सकता
पर उन्होंने वाणी को भ्रष्ट कर दिया
भ्रष्ट कर दिया आचरण को
ग्रस लिया तंत्र को
डस लिया देश को।

सिर्फ़ बोलते और बोलते हुए
वाणी के बहादुरों ने
लोकतंत्र पर कब्जा कर लिया
और बाँट दिया उसे
जनबल और धनबल के बहादुरों में
और अब तीनों मिलकर
देश पर मरने वालों को
पदक बाँट रहे हैं।

—o—